AF456468

21 Janvier 1875

Mr Barre 99P

Exemplaire de Barre

VENTE

Du Jeudi 21 Janvier 1875

HOTEL DROUOT, SALLE No 9

CATALOGUE

D'UNE COLLECTION

DE

TABLEAUX

ANCIENS

DES DIVERSES ÉCOLES

EXPOSITION PUBLIQUE

LE MERCREDI 20 JANVIER 1875

COMMISSAIRE-PRISEUR

Me CHARLES OUDART

31, rue Le Peletier

EXPERT

M. ÉMILE BARRE

20, Chaussée-d'Antin

IMPRIMERIE J. CLAYE
PARIS

CONDITIONS DE LA VENTE.

Elle sera faite au comptant.

Les acquéreurs payeront *cinq centimes par franc*, en sus des enchères, applicables aux frais.

L'Exposition mettant les Adjudicataires à même de se rendre compte de l'état et de la nature des objets, il ne sera admis aucune réclamation une fois l'adjudication prononcée.

DÉSIGNATION

BASSAN

1. — Marche d'armée avec guerriers en costume du XVIe siècle.

BAUR ET BOUDEWINS

2. — Paysage montagneux avec figures.

BOCCHI (FAUSTINO)

3. — Le Repas des nains, sujet bouffon.

BOILLY

4. — Portrait de Désaugiers.

BOL (F.)

5. — Tête de jeune garçon.

BOTICELLI

6. — Portrait de jeune homme.

BRILL (Paul)

7. — Paysage avec figures.

CARMONTEL

8. — Intérieur de famille, époque *Louis XVI*.

CARRACHE (L.)

9. — Jeux d'enfants.

CARRACHE (L.)

10. — Le Pendant.

CHARDIN

11. — La Méditation.

CHARDIN

12. — La Convalescente.

Ces deux tableaux forment pendant

COURTOIS *dit* LE BOURGUIGNON (Jacques)

13. — Combat de cavalerie.

COYPEL

14. — Vénus au repos.

COYPEL

15. — Bacchus et Ariane.

COYPEL

16. — La Comédie enfantine.

CRANACH

17. — Lucrèce.

CRESPIN (Marius)

18. — Triomphe d'Amphitrite.

DAVID (Louis)

19. — Une Femme sabine.

DESHAYES

20. — Femme nue couchée.

DIEPEMBECK

21. — Mars s'arrachant des bras de Vénus (*sur cuivre*).

DUMÉE

22. — Le pont de Caubebec.

DUSART (Corneille)

23. — Le Marché aux chevaux.

FALENS (Van)

24. — Le Départ pour la chasse.

FERRÈRE (Mlle)

25. — Nature morte.

FLORIS (Franck)

26. — Le Christ au tombeau.

FOUQUET

27. — La Danse des singes.

FRAGONARD (H.)

28. — Esquisse allégorique.

FRANCIA

29. — Vierge dans sa gloire.

GÉRARD (F.)

30. — Portrait de Mme Récamier.

GORP (V.)

31. — Jeune fille dans un intérieur.

GRAND (NORBERT)

32. — Paysage avec figures.

GRAND (NORBERT)

33. — Le Pendant.

GREUZE (*d'après*)

34. — La Surprise.

GREUZE (*d'après*)

35. — Tête de jeune fille.

GUARDI

36. — Vue de l'église des Arméniens.

HACKERT (de Naples)

37. — Port de mer en Italie, orné de figures.

HELMONT (Van)

38. — Le marchand de Harengs.

HOBBEMA (*École de*)

39. — Le Moulin à eau.

HUÉT

40. — Moutons et accessoires pastoraux.

HUET

41. — Les petits Espiègles.

HUET

42. — Sujet pastoral.

JOYANT

43. — Vue d'un canal à Venise.

KNOLLER (Martin)

44. — Ascension de la Vierge.

LE SUEUR (Eustache)

45. — Christ en croix.

Au coin à gauche les armoiries d'un cardinal.

LOOZ (Van)

46. — Portrait d'un peintre tenant sa palette.

LORRAIN (Claude)

47. — Effet du matin, paysage orné de figures.

MALTAIS (Chevalier)

48. — Armures et objets divers posés sur une table couverte d'un tapis.

METSYS (Quentin)

49. — La Descente de Croix.

MICHEL-ANGE DES BATAILLES

50. — Bouquet de fleurs.

MILLÉ (F.)

51. — Paysage avec figures et animaux.

MIREVELT

52. — Portrait de dame en costume noir, avec armoiries.

MOLINES (Pierre)

53. — Vue d'un château hollandais.

MURILLO

54. — Tête de Seigneur.

MURILLO

55. — Portrait de vieille paysanne.

MURILLO

56. — Portrait de paysanne.

Ces deux tableaux forment pendant.

MURILLO (*École de*)

57. — Portrait d'un personnage en costume noir.

NEEF (PETER)

58. — Intérieur d'Église.

NEER (VAN DER) (*Attribué à*)

59. — Village hollandais au bord d'un canal, effet et clair de lune.

ORIZONTI

60. — Site italien, orné de figures et d'animaux.

PIAZZETTA

61. — Saint Antoine de Padoue en adoration devant l'enfant Jésus.

PIERRE

62. — La Surprise.

PIERRE

63. — Le Jardinier galant.

Ces deux tableaux forment pendant.

PRUDHON (*École de*)

64. — Étude.

PULIGO

65. — Vierge et enfant Jésus.

RIBÉRA

66. — Saint Jérôme en prière.

RIGAUD (H.)

67. — Portrait d'homme.

ROSA (Salvator)

68. — Christ en croix.

ROSLYN

69. — Portrait de la princesse Repnin.

RUBENS (*École de*)

70. — Sujet mythologique.

SANTERRE

71. — Portrait d'un violoniste.

SCHALKEN

72. — Portrait d'une ménagère hollandaise.

SENAVE

73. — Réunion de paysans dans une taverne.

STEEN (Jean)

74. — La Fête des Rois.

STELLA

75. — *Ex voto* à la Vierge.

STELLA

76. — Sainte famille.

STROZZI (Bernardino)

77. — Saint Thomas touchant les plaies du Christ.

SUSTERMANS

78. — Portrait d'homme en cuirasse.

TARAVAL

79. — La petite Dormeuse.

TIÉPOLO

80. — Le Retour de l'Enfant prodigue.

TIÉPOLO

81. — Moïse à la table de Pharaon.

TIÉPOLO

82. — L'Adoration des mages.

TIEPOLO

83. — Portrait d'un personnage en costume oriental.

TOLL (Van)

84. — Le Médecin aux urines.

TOURNIÈRES

85. — Portrait d'une jeune fille jouant avec un oiseau.

TRÉVISANI

86. — Vierge et enfant Jésus.

VALENCIENNES

87. — Paysage historique.

Signé et daté. — Vente Lépine.

VALLAYER-COSTER

88. — La Partie de musique.

VALLIN

89. — Scène galante.

VALLIN

90. — Le pendant.

VALIN

91. — L'Éducation de Bacchus.

VERDUSSEN

92. — Chasse au cerf.

VERNET (J.)

93. — La Cascade.

VINCI (*École de* Léonard de)

94. — Le Réveil de l'enfant Jésus.

VOYS (Ary de)

95. — Portrait d'un savant.

WOUVERMANS (Pierre)

96. — Halte à la porte d'une auberge.

ZORG

97. — Intérieur de cuisine.

ZORG

98. — La Servante endormie.

ZUCCARELLI

99. — Femmes gardant un troupeau de vaches et de chèvres.

ÉCOLE FRANÇAISE.

100. — Portrait de Bailly, ancien maire de Paris.

ÉCOLE FRANÇAISE.

101. — Portrait de sa femme.

ÉCOLE FRANÇAISE

102. — Portrait de magistrat; sépia.

ÉCOLE FRANÇAISE

103. — Portrait d'évêque; crayon.

ÉCOLE FRANÇAISE

104. — Tête de jeune fille; crayon de couleurs.

ÉCOLE FRANÇAISE

105. — La petite Fermière.

ÉCOLE FRANÇAISE

106. — Portrait d'homme.

ÉCOLE FRANÇAISE

107. — Portrait de jeune femme en pèlerine.

ÉCOLE ALLEMANDE

108. — Portrait d'homme.

ÉCOLE FLAMANDE

109. — Portrait d'homme.

ÉCOLE HOLANDAISE

110. — Village au bord d'un canal.

ÉCOLE ITALIENNE

111. — Quatre tableaux formant pendants et représentant les Amours de Diane.

ÉCOLE ITALIENNE

112. — La Déposition du Christ.

ÉCOLE ITALIENNE

113. — Hérodiade ; esquisse.

PARIS. — J. CLAYE, IMPRIMEUR, 7, RUE SAINT-BENOIT. — [111]

www.ingramcontent.com/pod-product-compliance
Ingram Content Group UK Ltd.
Pitfield, Milton Keynes, MK11 3LW, UK
UKHW022153260726
13993UKWH00005B/2335

9 782329 444970